CATALOGUE

D'OBJETS D'ART, DE CURIOSITÉ

ET D'AMEUBLEMENT

Faïences italiennes et hispano-mauresques
Porcelaines de Chine, du Japon, de Saxe, de Sèvres, etc.
Biscuits, Laques du Japon
Jades, Miniatures, Éventails, Objets de vitrine

SCULPTURES EN MARBRE, EN TERRE CUITE ET EN CIRE

BRONZES D'ART ET D'AMEUBLEMENT

Paire de grands Vases en marbre, garnis de bronzes
Vase en porphyre

MEUBLES ET SIÈGES ANCIENS ET DE STYLE

Louis XIII, Louis XIV, Louis XV et Louis XVI

BELLES TAPISSERIES ANCIENNES

Tapis de la Savonnerie et d'Orient, Rideaux, Étoffes brodées

TABLEAUX, PORTRAITS DE L'ÉCOLE FRANÇAISE

80 Gravures en noir et en couleur

BEAUX BIJOUX

Montés de BRILLANTS, ROSES, PERLES, PIERRES DE COULEUR

60 kilogrammes d'Argenterie de table

LIVRES

Vente par suite de décès

HOTEL DROUOT — SALLE N° 1

Les Jeudi 6, Vendredi 7 et Samedi 8 Juillet 1899

A DEUX HEURES

Mᵉ G. DUCHESNE

Commissaire-Priseur, rue de Hanovre, 6

M. CAILLOT | M. FALKENBERG

EXPERT | EXPERT

Rue Lafayette, 17 | *Rue Lafayette, 6*

EXPOSITION PUBLIQUE

Le Mercredi 5 Juillet 1899, de 2 heures à 6 heures

CONDITIONS DE LA VENTE

Elle aura lieu au comptant.

Les acquéreurs paieront CINQ POUR CENT en sus des adjudications.

Aucune réclamation ne sera admise une fois l'adjudication prononcée.

ORDRE DES VACATIONS

Jeudi 6 Juillet

BIJOUX. . . . . de 307 à 342

ARGENTERIE ET PLAQUÉ

Vendredi 7 Juillet

FAÏENCES, PORCELAINES, BISCUITS, OBJETS
DE VITRINE. . . . . de 1 à 115
TABLEAUX, GRAVURES. . . . . de 250 à 306

Samedi 8 Juillet

SCULPTURES, BRONZES, VASES, FERS,
CUIVRES, OBJETS DIVERS, MEUBLES,
SIÈGES, PARAVENTS, TAPISSERIES, TAPIS,
RIDEAUX, ÉTOFFES. . . . . de 116 à 249

VENTE PAR SUITE DE DÉCÈS

HOTEL DROUOT, SALLE N° 1

Les Jeudi 6, Vendredi 7 et Samedi 8 Juillet 1899

A DEUX HEURES

—◦◦◦—

OBJETS D'ART, DE CURIOSITÉ

ET D'AMEUBLEMENT

Porcelaines, Marbres, Bronzes, Tableaux, Gravures

MEUBLES ET SIÈGES ANCIENS ET DE STYLE

Belles Tapisseries

BEAUX BIJOUX

60 kilogrammes d'Argenterie

—◦◦◦—

EXPOSITION PUBLIQUE

Le Mercredi 5 Juillet 1899, de 2 heures à 6 heures

—◦◦◦—

Mᵉ G. DUCHESNE

Commissaire-Priseur, rue de Hanovre, 6

M. CAILLOT	**M. FALKENBERG**
EXPERT	EXPERT
Rue Lafayette, 17	*Rue Lafayette, 6*

IMPRIMERIE MAULDE ET RENOU

MAULDE, DOUMENC & Cie

IMPRIMEURS DE LA COMPAGNIE DES COMMISSAIRES-PRISEURS

Rue de Rivoli, 144

DÉSIGNATION

—

FAIENCES

1 — Grand Plat en faïence hispano-mauresque, décor à reflets métalliques. Fabrique de Manissès. Cadre italien, bois sculpté.

2 — Autre grand Plat à reflets métalliques. Même fabrique. Cadre italien, bois sculpté.

3 — Plat en ancienne faïence de Pesaro, décoré d'un sujet allégorique avec devise; marli avec imbrications et ornements divers. Cadre italien, bois sculpté.

4 — Plat en ancienne faïence de Pesaro, décoré au fond d'un buste de femme et au marli d'ornements quadrillés et autres. Cadre italien, bois sculpté.

1.

5 — Plat en ancienne faïence de Pesaro, représentant Judith. Cadre bois sculpté italien.

6 — Coupe en ancienne faïence d'Urbino, décor représentant le Triomphe d'Amphitrite. Cadre bois sculpté et doré.

7 — Très grand Vase en faïence de Deck, imitation d'un vase de l'Alhambra.

8 — Groupe en faïence, deux personnages sur un tronc d'arbre, imitation de Niderwiller.

PORCELAINES DE CHINE ET DU JAPON

9 — Très grande Vasque ronde en ancienne porcelaine de Chine de la Compagnie des Indes, décor à fleurs et oiseaux, sur socle à trois pieds en bronze doré.

10 — Grand Vase en céladon bleu turquoise avec jolie monture style Louis XV, en bronze doré (Travail du docteur Camus).

11 — Paire de Candélabres à trois lumières en bronze, style Louis XV, avec perroquet en céladon bleu.

12 — Paire de Candélabres à trois lumières en

bronze doré, style Louis XV, avec oiseaux en céladon flambé. (Travail du docteur Camus).

13 — Grande Lampe en porcelaine de Chine flambé, monture en bronze, style Louis XV.

14 — Paire de grands Vases en porcelaine de Chine, fond rouge, décor laqué d'or à figures. Socle bois laqué.

15 — Petit Vase forme bouteille en blanc de Chine.

16 — Vase forme balustre à deux anses en ancienne porcelaine de Chine, décor à pagodes et inscriptions chinoises en or sur fond bleu.

17 — Cornet à panse renflée en porcelaine de Chine, décor à ornements d'or sur fond bleu.

18 — Paire de petites Bouteilles en ancienne porcelaine de Chine, famille verte, monture en bronze doré.

19 — Paire de petites Jardinières carrées sur pied, en ancienne porcelaine de Chine, famille verte à fleurs et ornements.

20 — Petite Bouteille en ancienne porcelains de Chine, décor bleu, monture en bronze doré.

21 — Petite Potiche ancienne, porcelaine du
Japon, décor bleu, rouge et or, monture
bronze doré.

22 — Plat en ancienne porcelaine de Chine, décor
de la famille verte à grands branchages fleuris
et oiseaux.

23 — Paire de Potiches avec couvercles en imitation de porcelaine du Japon, décor bleu,
rouge et or.

24 — Drageoir formé de deux coquilles en ancienne porcelaine de Chine, décor de la famille
verte, monture en bronze doré.

25 — Coquille en vieux chine, même décor.

26 — Grand Sucrier en ancienne porcelaine de
Chine, avec réserves sur fond capucin, monture en bronze.

27 — Quatre Compotiers et six Assiettes en ancienne porcelaine de Chine, les Compotiers
montés en cuivre.

28 — Deux Compotiers en ancienne porcelaine
du Japon, décor bleu, rouge et or, monture
cuivre.

29 — Huit Compotiers en ancienne porcelaine
du Japon, décor bleu, rouge et or.

3o — Vingt Assiettes en ancienne porcelaine du Japon, décor bleu, rouge et or.

31 — Dix-huit Assiettes en ancienne porcelaine de Chine.

32 — Grande Vasque en porcelaine de Chine, décorée de scènes chinoises et ornements en polychrome sur fond jaune.

33 — Deux Beurriers oblongs avec plateaux en ancienne porcelaine de Chine de la Compagnie des Indes.

34 — Plateau ovale à bord ajouré en même porcelaine.

PORCELAINES EUROPÉENNES

35 — Écritoire formée d'un plateau en laque, avec trois godets en ancienne porcelaine de Sèvres fond bleu turquoise à réserves d'oiseaux et deux lumières en cuivre ornées·de fleurettes de Saxe. Époque Louis XV.

36 — Encrier rond en porcelaine tendre française, sur plateau en laque, monture en bronze doré.

37 — Pendule formée par un groupe : amour et deux chevaux, montée sur terrasse en bronze

doré, ornements et branchages avec fleurettes en Saxe. Époque Louis XV.

38 — Paire de petits Flambeaux formés par une figurine avec fleurettes en Saxe ; le tout monté en bronze rocaille.

39 — Paire de Flambeaux en porcelaine imitation de Saxe.

40 — Groupe de deux personnages en porcelaine imitation de Saxe.

41 — Deux Figurines en porcelaine : Marchand de coco et Marchande de poissons, imitation de Saxe.

42 — Vase forme bouteille, à cannelures tournantes et draperies fond bleu, blanc et or. Époque Louis XV. Monture bronze doré.

43 — Paire de Flambeaux en bronze doré, style rocaille avec figures et fleurettes en Saxe.

44 — Deux Bustes de Bébés en porcelaine imitation de Saxe.

45 — Quatre Figurines en porcelaine imitation de porcelaine allemande : Fauconnier, Joueur de cornemuse, jeune Pysanne, l'Amérique.

46 — Paire de Candélabres à cinq lumières en

bronze rocaille, avec oiseaux sur terrasse et fleurettes en relief en porcelaine de Saxe.

47 — Boîte rectangulaire en porcelaine genre Saxe, décor à personnages.

48 — Paire de Candélabres à trois lumières avec figurines en imitation de Saxe et fleurettes.

49 — Deux Figurines en imitation de porcelaine de Saxe : Jardinier et Bouquetière.

50 — Lustre à huit lumières en cuivre avec pièces d'enfilage et fleurettes en imitation de porcelaine de Saxe.

51 — Grand Groupe de deux personnages assis sur une terrasse, avec vase sur une colonne, ancienne porcelaine tendre, blanche, française.

52 — Groupe de quatre figures des Saisons en terre de pipe blanche. Sur socle rond décoré de guirlandes.

53 — Statuette de Diane en porcelaine blanche allemande.

54 — Deux Statuettes en porcelaine blanche de Naples : Chasseur et Paysanne.

55 — Figurine en ancienne porcelaine d'Hochst :
Danseuse à crinoline.

56 — Groupe en porcelaine blanche : Enlèvement
d'Europe.

57 — Seau à glace avec couvercle en ancienne porcelaine de Vienne, décor à bouquets de fleurs
et rubans.

58 — Théière et Sucrier en ancienne porcelaine
de Paris, avec chiffre M. J.

59 — Petite Tasse mignonnette en ancienne porcelaine de Sèvres, pâte tendre, décor à guirlandes
et roses.

60 — Tasse forme cul de poule et Soucoupe en
ancienne porcelaine de Sèvres, pâte tendre,
décor en camaïeu rose.

61 — Paire de très petites Bouteilles, forme
gourde, en ancienne porcelaine de Saxe, décor
à branches fleuries.

62 — Petit Flacon en ancienne porcelaine de Saxe
avec sujet en relief : Hercule et Omphale.

63 — Seau à rafraîchir en ancienne porcelaine de
Sèvres avec anses et à trois pieds, décor à bouquets de fleurs et bandes bleues et or.

64 — Deux Seaux en porcelaine tendre, imitation de Sèvres, décor feuille de chou.

65 — Deux Pots à crème en ancienne porcelaine tendre de Sèvres, décor à bouquets de fleurs et hachures bleues.

66 — Deux Beurriers forme cône tronqué renversé, avec Couvercles et un Plateau à bords contournés en porcelaine de Sèvres, pâte tendre, décor à bouquets de fleurs et hachures.

67 — Grande Jardinière à anses en porcelaine imitation de Saxe, décor à bouquets de fleurs.

68 — Sous ce numéro seront vendus plusieurs lots de pièces en porcelaines diverses.

BISCUITS

69 — Grand Groupe en ancien biscuit de Niderwiler, composé de cinq personnages sur terrasse rocaille.

70 — Deux Groupes de trois enfants en ancien biscuit de Niderwiller.

71 — Groupe de trois petits paysans, ancien biscuit de Niderwiller.

72 — Une Figurine et deux petits Vases à col ajouré, ancien biscuit tendre de Sèvres.

73 — Groupe en ancien biscuit de Niderwiller, composé de trois enfants sur une terrasse.

74 — Groupe de deux personnages musiciens, sur une terrasse rocaille, ancien biscuit français.

75 — Groupe de trois enfants autour d'un arbre, ancien biscuit de Niderwiller.

76 — Pendule en biscuit à figure de fileuse, garniture bronze doré. Epoque premier Empire.

OBJETS DE VITRINE

77 — Boîte ovale en vernis Martin, décor à sujets d'enfants en camaïeu.

78 — Boîte ronde en vernis Martin, décor à la Balançoire.

79 — Joli Vase en argent ciselé et doré, style du premier Empire, décor à figures de femmes, guirlandes et couronnes.

80 — Coupe en argent russe, doré, orné d'une perle, au fond une médaille commémorative du couronnement du Czar.

81 — Flacon forme serpent en argent nieillé.

82 — Couteau à papier en écaille.

83 — Plaque en émail de Limoges, attribuée à LAUDIN; la Vierge et l'Enfant Jésus, cadre bois sculpté.

84 — Coupe ovale en argent repoussé décorée du char de l'Amour.

85 — Groupe en argent, l'Amour dans un char traîné par deux chevaux.

86 — Coupe creuse en jade blanc sculpté et gravé, anse en tête de chimère, travail chinois.

87 — Coupe plate en jade blanc, pied en bois sculpté.

88 — Coupe en jade verdâtre.

89 — Flambeau en agate.

90 — Jardinière carrée en laque du Japon, à paysages, monture en cuivre, contenant un arbuste avec fleurs en porcelaine.

91 — Boîte d'écrivain en laque du Japon, décor à fleurs sur fond aventuriné.

92 — Boîte en forme d'éventail en laque du Japon, décor d'oiseaux.

93 — Plateau quadrilobé en laque d'or du Japon, paysages.

94 — Boîte forme éventail plissé, en laque du Japon, aventuriné à fleurs.

95 — Coupe hexagonale en jade vert, à ornements en relief, socle en bois sculpté.

96 — Boîte forme papillon en laque du Japon.

97 — Boîte plate et carrée en laque du Japon, fond aventuriné.

98 — Boîte forme nœud en laque du Japon.

99 — Boîte forme éventail en laque du Japon, décor à grosses fleurs.

100 — Boîte forme violon en laque du Japon.

101 — Boîte forme de deux carrés encastrés, laque du Japon, décor à fonds aventurinés et variés.

102 — Boîte formée de deux éventails assemblés en laque du Japon.

103 — Petit Brûle-parfum en laque du Japon et bronze.

104 — Presse-papier forme tortue en cristal de roche, monture en bronze doré.

105 — Boîte à thé en argent repoussé, à fleurs ;
couvercle à vis. Epoque Louis XIII.

106 — Neuf Miniatures sur ivoire, dont sept portraits de dames et deux portraits d'hommes.

107 — Groupe en argent, nacelle conduite par
deux enfants.

108 — Cadre en argent repoussé renfermant un
portrait de dame.

109 — Eventail en ivoire sculpté, feuille décorée
de sujets Louis XV.

110 — Petite Gouache, représentant une foire
champêtre, composition à nombreux personnages.

111 — Eventail en vernis Martin : le char de l'A-
mour.

112 — Eventail en ivoire sculpté, feuille peinte à
la gouache ; sujet champêtre.

113 — Eventail en nacre, feuille à l'aquarelle, sujet allégorique.

114 — Eventail en ivoire, feuille peinte à la
gouache : sujet historique.

115 Sous ce numéro, seront vendus divers objets
de vitrine et de fantaisie en argent et autres.

3.

SCULPTURES

116 — **Marbre blanc.** Beau Buste de Femme en costume décolleté. Sculpture dans le goût du XVIIIᵉ siècle. Haut. 0ᵐ,72.

117 — **Marbre blanc.** Buste d'Enfant.

118 — **Marbre blanc.** Tête d'Enfant. Travail italien de la Renaissance.

119 — **Terre cuite.** Deux grandes Statues terminées en gaine : l'Été et l'Automne. Style Louis XIV. Haut. environ 2ᵐ.

120 — **Cire.** Beau Bas-Relief par FRANCESCHI. Eve cueillant les pommes pour les offrir à l'Amour placé entre elle et Adam. Haut. 0ᵐ,23; et 0ᵐ,43.

121 — **Terre cuite.** Groupe de Satyre, Bacchante et Enfant.

122 — **Bois.** Statue de page portant un perroquet, en bois sculpté en partie doré. Style Renaissance.

123 — **Bois.** Grand Panneau en bois sculpté et ajouré, peint en blanc, décor à rosace, vase de fleurs, ornements.

124 — **Bois**. Groupe en bois sculpté : Deux Amours se disputant une rose.

BRONZES D'ART

125 — Deux Groupes en bronze d'après Coysevox : *Flore et l'Amour* et *Hamadryade et Enfant*. Édition Barbedienne.

126 — Quatre Bas-Reliefs en bronze, d'après Jean Goujon : *Les Nymphes*. Édition Barbedienne.

127 — Groupe en bronze d'après Perraud : *L'Enfance de Bacchus*. Édition Delafontaine.

128 — Statuette en bronze d'après Duret : *Le Danseur napolitain*. Édition Delafontaine.

129 — Bouclier en bronze repoussé, ciselé et en partie doré, décor à sujets guerriers, figures allégoriques, etc. Style Renaissance.

130 — Brûle-Parfums en bronze de la Chine.

BRONZES D'AMEUBLEMENT,
VASES EN MARBRE ET COLONNES

131 — Paire de grands et beaux Vases couverts en marbre, richement garnis de bronzes dorés.

Style Louis XIV. Haut. 1^m,30 environ. Sur
socles en marbre.

132 — Vase avec couvercle en porphyre rose, à
deux anses, culot du vase et sommet du couvercle godronnés. Monture en bronze doré, à
quatre lions rugissant.

133 — Colonne en serpentine.

134 — Jardinière en marbre griotte avec monture
en bronze doré à têtes de bélier et Candélabre
à 7 lumières. Fournie par la Maison Barbedienne.

135 — Grand Cartel en bronze doré. Style
Louis XV.

136 — Paire de Chenets avec galerie en bronze
doré. Style Louis XIV.

137 — Paire d'Appliques à 3 lumières, en bronze
rocaille.

138 — Belle Torchère à trois cariatides d'hommes
barbus et pieds de bouc, en bronze ciselé,
argenté et doré.

139 — Petite Pendule portée par un taureau, en
bronze, style Louis XV.

140 — Belle Garniture de cheminée en bronze doré, style Louis XVI, composée d'une pendule et deux candélabres à 7 lumières, à figures d'amours.

141 — Paire de Candélabres à 6 lumières en cuivre, avec guirlandes et pendeloques en cristaux.

142 — Deux Flambeaux-Cassolettes en bronze doré. Fin du xviiie siècle.

143 — Paire d'Appliques à une lumière, en bronze, avec médaillons en biscuit de Sèvres. Style Louis XVI.

144 — Lustre à 6 lumières en bronze et cristaux de Bohême.

145 — Grand Lustre à 32 lumières en bronze et cristaux.

146 — Petite Pendule ronde en cuivre, montée sur quatre pieds de bouc et surmontée d'une figure d'amour.

147 — Surtout de table composé de trois plateaux en glace avec galerie en bronze ciselé et argenté à draperie et griffes de lion. Époque Louis XVI.

FERS ET CUIVRES

148 — Porte à deux vantaux en fer forgé et doré, décorée de pampres. Haut. 2ᵐ,10; Larg. 1ᵐ,58.

149 — Écran en fer forgé et bronzé, décor à vase de fleurs et rinceaux.

150 — Bas-Relief en fer repoussé et ciselé : Portrait de Léonore de Gonzague. Cadre bois sculpté.

151 — Plat ovale de forme contournée en cuivre repoussé et argenté, décor à ornements et chasse au cerf.

152 — Plat en cuivre repoussé et gravé à rinceaux et sujet la Vendange.

153 — Deux Appliques en cuivre repoussé et argenté.

154 — Coupe avec couvercle en cuivre gravé et repercé. Travail persan.

155 — Horloge allemande, forme quadrangulaire, en cuivre gravé et ciselé. xviᵉ siècle.

OBJETS DIVERS

156 — Petit Coffret à Couvercle bombé, garni de plaques de fer repoussé.

157 — Petit bénitier en bois sculpté à rocailles.

158 — Petit Cadre en bois sculpté rocaille, renfermant un médaillon en broderie.

159 — Cadre vitrine, en bois sculpté et doré à feuillages.

160 — Encrier bougeoir en écaille, garni de bronze et de cuivre.

161 — Lustre à dix lumières en verre de Venise.

162 — Bénitier Louis XIV, en cuivre orné de coraux avec figurine de Vierge, en corail sculpté au centre.

163 — Quatre Pièces en verrerie moderne genre Venise : Buire, Aiguière, Bouteille et Verre à pied couvert.

MEUBLES

164 — Bureau de dame, surmonté d'un petit chiffonnier en marqueterie de bois à fleurs, garni de bronzes, style Louis XV.

165 — Table forme rognon, en bois rose et marqueterie de bois, garnie de cuivre.

166 — Porte-Musique en bois sculpté, style Louis XVI.

167 — Colonne cannelée en bois peint en blanc avec guirlande de fleurs, en bois sculpté et doré.

168 — Grande et belle Console en bois sculpté et doré, style Louis XIV. Dessus de marbre.

169 — Petite Console en bois sculpté et doré. Époque Louis XV. Dessus de marbre.

170 — Deux grandes Appliques à glace, cadres, en bois sculpté et doré, style Louis XIV, à trois lumières en cuivre.

171 — Deux belles Consoles d'applique en bois sculpté et doré à rocailles et figures de chinois et oiseaux, d'après les dessins de Leprince. Époque Louis XV.

172 — Deux Étagères en forme de pyramides, en bois peint en vert et bois sculpté et doré.

173 — Jolie petite Table en bois sculpté et doré, du temps de Louis XIV. Tablette en marbre, fleur de pêcher.

174 — Belle Table à thé, à pieds cannelés, en acajou, à trois tablettes dont deux en glace, garnie de bronzes argentés, style Louis XVI, avec surtout de table composé de deux plateaux en glace avec galerie bronze ciselé et argenté.

175 — Petite Table à tablette d'entrejambes, en bois sculpté peint vert et or, style Louis XV.

176 — Belle Table en bois sculpté et doré, Louis XIV, avec dessus de granit.

177 — Petite Table en bois tourné et tablette d'entrejambes. Dessus de marbre vert de mer.

178 — Socle en laque de Pékin, noir, sculpté.

179 — Entourage de cheminée en bois noir, à ornements sculptés et dorés, style Renaissance, avec tablette en velours, ornée d'un bandeau décoré d'applications et de médaillons brodés et surmonté d'un cadre en bois sculpté, en partie doré à cariatides de femmes et ornements, renfermant une peinture de l'école italienne représentant Vénus allaitant l'Amour.

180 — Deux Glaces d'applique avec cadres en bois sculpté et doré Louis XIV, avec lumières en cuivre.

181 — Deux grandes Torchères en bois sculpté et doré, style Louis XIV.

182 — Deux autres Torchères en bois sculpté.

183 — Autre Torchère en bois sculpté à mascarons de femme.

184 — Paire d'Appliques à deux lumières, en bois sculpté, style Louis XIV.

185 — Glace avec cadre, style Louis XIV, doré.

186 — Paire de Lanternes d'applique en bois sculpté et doré à figures d'Amours et rocailles. Travail italien.

187 — Grande Pendule avec son socle d'applique en marqueterie de cuivre sur écaille, garnie de bronzes dorés : figurine d'Amour lançant une flèche, bas-relief de l'Abondance, cariatides ailées, mascarons, etc,. Haut. $1^m,40$ environ.

188 — Deux petites Glaces longues, cadre doré. Style Louis XIV,

189 — Console avec glace d'applique en bois sculpté et doré.

190 — Bureau à huit pieds avec croisillons en marqueterie de cuivre et d'écaille, genre BOULLE.

191 — Socle-Support quadrangulaire en chêne sculpté. Style Louis XIV.

192 - Vitrine en bois de rose à deux vantaux, du temps de Louis XVI à cannelures de cuivre et ornements en bronze.

193 — Guéridon rond à trois tablettes dont une d'entrejambes, en acajou garni de cuivre Louis XVI.

194 — Glace biseautée à côtés en glace, cadre en bois sculpté. Style Louis XIV.

195 — Petite Table carrée à trois pieds, en acajou avec tablette d'entrejambes, galerie de cuivre. Style Louis XVI.

196 — Paire d'Appliques à glaces gravées, avec cadres en faïence italienne.

197 — Paire d'Appliques à 2 lumières, avec glaces encadrées de bois sculpté. Style Louis XV.

198 — Petite Table à ouvrage en acajou, pieds à lyre, ornement en cuivre.

199 — Commode Louis XIV en marqueterie de

cuivre et écaille, genre BOULLE, garnie de bronzes.

200 — Table de nuit Louis XV en marqueterie de bois à losanges.

201 — Bureau de dame, forme dos-d'âne, en mar-queterie de bois à fleurs, orné de bronzes. Style Louis XV.

SIÈGES

202 — Grand Fauteuil en bois sculpté du temps de Louis XIII, recouvert en velours et applications.

203 — Grand Fauteuil en noyer tourné et sculpté. Style Louis XIII, recouvert en velours et applications.

204 — Quatre Fauteuils et deux Chaises, style Henri II recouverts en velours et applications.

205 — Deux Chaises en bois sculpté Louis XV, couvertes en ancienne tapisserie d'Aubusson, à animaux et figures de chinois.

206 — Deux Tabourets en bois doré recouverts en ancienne broderie de soie et fils métalliques.

207 — Un grand Canapé, un petit Canapé, une Bergère, cinq Fauteuils et quatre Chaises en bois sculpté et doré, style Louis XV, recouverts en soieries variées.

208 — Chaise-longue en deux parties, en bois doré Louis XVI, couverte en étoffe bleuc brochée à fleurs.

209 — Tabouret forme X, en bois doré, avec coussin en satin blanc et application de grandes fleurs brodées.

210 — Coussin en tapisserie ancienne représentant la Musique.

211 — Tabouret en bois sculpté, style Louis XIV, couvert en ancienne tapisserie à figure d'amour et fleurs.

212 — Tabouret forme X, en bois sculpté, recouvert en ancienne tapisserie de Beauvais, décor à rosace et fleurs.

213 — Deux Fauteuils en bois doré recouverts en ancienne tapisserie d'Aubusson à paysage et figures de chinois, dans le goût de LEPRINCE.

214 — Deux Chaises portugaises, à haut dossier en bois tourné et cuir ciselé. Époque Louis XIII.

215 — Banquette en bois sculpté à figures et rinceaux, garnie en velours de Gênes. Style Renaissance.

216 — Douze Chaises en bois sculpté peint en vert, dossiers et fonds cannés, époque Louis XV, avec coussins en soie ancienne.

217 — Fauteuil en bois sculpté, style Louis XV, couvert en tapisserie ancienne d'Aubusson, à sujets des fables de La Fontaine.

PARAVENTS ET ÉCRANS

218 — Paravent à 3 feuilles décorées sur chaque face d'un vase de fleurs, peinture de l'Ecole italienne. Monture en bois sculpté.

219-220 — Deux paravents à trois feuilles décorées de peintures. Vues des ports de France, animés de figures. Encadrements à fleurs et ornements.

221 — Ecran en bois sculpté rocaille, garni en tapisserie ancienne; à arbustes, fleurs et oiseaux.

222 — Paravent à sfx feuilles décorées de peintures. Sujets d'équitation. Encadrements à bassins, cygnes, fleurs et ornements.

223 — Paravent à trois feuilles en bois laqué vert, avec sujets dans le goût de Lancret, sur fond d'or. Le Printemps, l'Été, l'Hiver.

224-225 — Deux grands Paravents à trois feuilles décorées sur les deux faces de sujets en couleur, appliqués sur toile.

226 — Paravent à trois feuilles en soie grenat, avec broderie d'or, travail de l'Inde.

227 -- Paravent à trois feuilles, décorées sur fond grenat d'application et médaillons brodés. Epoque Louis XIII.

228 — Paravent en bois laqué vert, à trois feuilles décorées de gravures peintes et vernies, genre de Lancret.

229 — Paravent à deux feuilles, analogue au précédent.

230 — Petit écran Louis XVI, avec feuilles en tapisserie ancienne d'Aubusson, à figure et draperie.

TAPISSERIES

231 — Belle Tapisserie ancienne, représentant le char de l'Aurore. Bordure simulant un cadre

feuillagé. Epoque Louis XIV. Haut. 1ᵐ,65 ;
larg. 3ᵐ,05.

232 — Belle tapisserie ancienne, paysage avec sujet allégorique : le Miroir de Vérité, bordure à
fleurs et feuillages. Epoque Louis XIV. Haut.
3 mètres environ ; larg. 2ᵐ,25.

233 — Deux Beaux Panneaux en ancienne tapisserie, gracieuses compositions d'après BÉRAIN,
à figures, fleurs, draperies, ornements. Bordure
simulant un cadre. Epoque Louis XIV, Haut.
2ᵐ,60 environ ; larg. 1ᵐ,85 environ.

234 — Portière en tapisserie ancienne d'Aubusson, représentant un paysage avec batelière.
Bordure à fleurs et feuillages. xviiiᵉ siècle. Haut.
2ᵐ,70 ; larg. 1ᵐ,50. Entourage en velours
rouge.

235 — Pente en tapisserie ancienne. Vase enguir-
landé surmonté d'un médaillon. Epoque
Louis XIII. Haut. 2ᵐ,60 ; larg. 0ᵐ,45.

236 — Tapis de table en velours, avec bandeau en
ancienne tapisserie, écusson et guirlande de
fleurs. Epoque Louis XIII. Long. 2ᵐ,10 ; haut.
0ᵐ,45.

237 — Panneau en ancienne tapisserie de Flandre,
représentant Vénus et l'Amour, avec bordure.
Epoque Louis XIV. Haut. 2ᵐ,40 ; larg. 1ᵐ,07.

TAPIS, RIDEAUX, ÉTOFFES

238 — Beau Tapis de la Savonnerie, à rosace et fleurs.

239 — Grand Tapis de Smyrne, fond rouge.

240 — Plusieurs carpettes orientales.

241 — Tapis de table en soie brochée, en soie de couleur et fils métalliques.

242-243 — Deux Décors de fenêtre et deux grandes Portières en soie rouge avec bordures en application de broderie sur velours grenat. En partie de l'époque Louis XIII.

244 — Décor de baie en velours grenat avec applications et Rideaux en soie rouge.

245 — Grand Dessus de lit en satin vieux rose, brodé de soie, à oiseaux, papillons et fleurs, avec effilé en soie.

246 — Ciel de lit avec Rideaux et Décor d'une fenêtre en satin marron et soie de Chine bleue à fleurs brodées en couleur.

247 — Deux Décors de fenêtre en damas de soie vert et soie vieux rose

248 — Décor de baie en damas fond vert.

249 — Plusieurs lots d'étoffes et Broderies anciennes.

TABLEAUX, DESSINS, PASTELS

250 — **Bogoluboff.** Vue de la Néva à Saint-Pétersbourg. Aquarelle.

251 — **Decamps.** Visite à l'hôpital. Dessin au crayon noir.

252 — **Diaz** (Genre de). Jeune Fille tenant des fleurs et Amour sous bois.

253 — **Flandrin** (Hippolyte). Le Christ. Dessin au crayon.

254 — **Inconnu.** Tête de Christ avec auréole d'or, Cadre sur pied en bois sculpté.

255-256 — **Le Prince** (École de). Deux Dessus de porte peints en camaïeu bleu. Paysages chinois avec figures.

257 — **Mignard** (Ecole de). Portrait de jeune Fille tenant une fleur. Cadre ovale en bois sculpté.

258 — **Nattier** (École de). Beau Portrait de jeune

Femme sous les traits de Flore. Cadre ovale en bois sculpté.

259 — **Teniers** (Genre de). Deux Paysages avec figures. Cadres ronds en bois sculpté.

260 — **École flamande.** Dame et Cavalier se promenant dans un parterre dallé. Peinture sur marbre. Cadre bois sculpté.

261 — **École française.** Portrait de jeune Femme en costume gris brodé d'or Louis XV ; elle tient une guirlande de fleurs. Cadre bois sculpté.

262 — **École française.** Portrait de jeune Femme en costume Louis XV, bleu, à broderies d'or ; elle tient des fleurs. Pendant du précédent. Cadre bois sculpté.

263 — **École française.** Portrait de Femme en costume décolleté Louis XV. Cadre bois sculpté.

264 — **École française.** Portrait de jeune Femme en costume de damas blanc orné de fleurs. Époque Louis XV. Cadre bois sculpté.

265 — **École française.** Portrait de Dame en costume bleu Louis XV. Cadre bois sculpté.

266 — **École française.** Portrait de jeune Femme tenant une guirlande de fleurs. Fin du xviiie siècle. Cadre bois sculpté.

267 — **École française.** Portrait de Louis XIV, Cadre bois sculpté.

268 -- **École française.** Portrait de Louis XV jeune, la main posée sur la couronne. Cadre bois sculpté.

269 — **École française.** Petit Portrait de Femme en costume Louis XIII. Cadre bois sculpté.

270 — **École française.** Petit Portrait de Femme. Époque Louis XIV. Cadre bois sculpté surmonté d'un aigle à deux têtes.

271 — **École française.** Portrait de Mme Claire-Françoise d'Harcourt, marquise d'Hautefort. xviiie siècle

272 — **École française.** Portrait de Jeune Dame tenant un chat. Pastel. xviiie siècle. Cadre bois sculpté.

273 -- **École française.** Portrait de Dame tenant un fruit et un bouquet Cadre en bois sculpté Louis XIV.

274 — **École française.** Petit Portrait de Dame filant. Cadre en bois sculpté ajouré.

275 — **École italienne.** La Vierge et l'Enfant Jésus. Cadre en cuivre repoussé et orné de pierres de couleurs.

276 — **École italienne.** Saint Jean-Baptiste adorant l'Enfant Jésus tenu par la Vierge. Cadre bois sculpté.

277 — **École italienne.** Deux Portraits d'Hommes, sur fond d'or. Cadres bois sculpté.

278 — **École russe.** La Vierge et l'Enfant Jésus. Peinture avec recouvrement d'argent à bordure et ornements émaillés.

279 — **École vénitienne.** Petit Portrait de Dame. Cadre bois sculpté.

280 — Sous ce numéro seront vendus divers Tableaux et Dessins.

GRAVURES

281 — Deux pièces en couleur par Janinet : l'Agréable négligé et la Réunion des plaisirs; encadrées.

282 — Deux Gravures en couleur : la Mère de famille, d'après Monnet, et le Travail en famille, d'après Ryland; encadrées.

283 — Deux Gravures ovales en couleur d'après
A. Kaufmann : Jeune fille lutinée par l'Amour
et l'Amour désarmé ; encadrées.

284 — Deux pièces rondes en couleur d'après
A. Kaufmann : le Jugement de Pâris et le
Colin-Maillard ; encadrées.

285 — Deux pièces rondes en couleur par Buns-
bury et Benasech : Scène villageoise et Sacri-
fice à l'Amour ; encadrées.

285 — Deux Gravures sanguines d'après Barto-
lozzi et Cipriani : Enfants jouant avec un
bouc et Amours ; encadrées.

287 — Deux Gravures rondes en bistre et san-
guine : le Clavecin et Scène champêtre.

288 — Trois pièces en couleur : Marie-Antoinette ;
Méditation et Jeune Fermière ; encadrées.

289 — Deux petites pièces en couleur : Mme Dugazon ; la Jardinière ; encadrées.

290 — Quatre pièces médaillons ovales en couleur : Marie-Antoinette ; Mme de Lamballe et
autres ; encadrées.

291 — Deux pièces en couleur : la Lecture, d'après
Boucher ; Jeune Femme tenant un Chien,
d'après Huet ; encadrées.

292 — Deux pièces en couleur, médaillons ovales en largeur : le Char de Vénus ; l'Autel de l'Amour ; encadrées.

293 — Gravure en couleur d'après Huet : la Lecture ; encadrée.

294 — Deux Gravures en couleur d'après Reynolds : Miss Bingham et la Comtesse Spencer ; encadrées.

295 — Deux pièces en noir avec chairs teintées d'après Leclerc : Bustes de jeunes femmes décolletées ; encadrées.

296 — Gravure en couleur : Joueur de mandoline ; encadrée.

297 — Gravure en noir : le Coucher de la mariée, d'après Baudouin ; encadrée.

298 — Deux pièces en couleur, d'après Coutellier : Mme Olivier et Mlle Comtat.

299 — Deux pièces d'après Boucher et Huet : Mlle Favart dans Ninette et la Comédie.

300 — Deux pièces en couleur : Mlle Dugazon, d'après Coutellier et la même d'après Isabey.

3o1 — Une pièce d'après Leprince : Paysanne de Moravie.

3o2 — Gravure anglaise en couleur : le Baiser à la dérobée.

3o3 — Gravure en noir et bistre d'après Huet ; le Mouton chéri.

3o4 — Deux pièces en bistre : Portrait de jeune femme anglaise; encadrées.

3o5 — Deux pièces en couleur : le Mouton chéri et autre; encadrées.

3o6 — Environ quarante pièces, gravures en noir et en couleur; encadrées.

BIJOUX

307 — Parure composée de boutons d'oreilles perles entourées de deux rangs de brillants et d'un pendant fleur de lys, perles et brillants.

308 — Broche flèche en brillants traversant un croissant et enrichie d'un ornement turquoise et brillants.

309 — Broche en forme de libellule, enrichie de saphirs et de brillants.

310 — Broche ronde ornée d'un gros saphir étoilé entouré de brillants.

311 — Broche en forme de trèfle, ornée de deux perles fines et une rosaline, entourées de brillants.

312 — Broche en forme de trèfle, pierres de fantaisie entourées de brillants.

313 — Grande Broche feuille de houx enrichie de brillants.

314 — Broche bourdon émaillé noir et enrichi de roses, le corps orné d'une perle fine.

315 — Broche tortue or, la tête formée d'un rubis, les pattes en roses.

316 — Broche barrette formée d'entrelacs or et roses.

317 — Broche godrons or et roses.

318 — Broche flèche or ornée de deux brillants et d'une turquoise.

319 — Broche épée, saphirs et roses.

320 — Bracelet souple formé de rinceaux en brillants entre deux rangs de brillants.

321 — Bracelet souple formé de serpents or et roses; les têtes des serpents enrichies de saphirs et de rubis.

322 — Bracelet souple, grosse corde or retenue par des attaches en roses.

323 — Bracelet porte-bonheur orné d'un trèfle perles fines, rosaline et brillants.

324 — Bracelet articulé en jais, orné de bandes de roses.

325 — Bracelet-montre, la chaîne or, la montre
enrichie de roses.

326 — Bracelet articulé formé d'un serpent en
or, la tête enrichie d'un grenat et pavée de
roses.

327 — Bracelet cercle en or, médaille argent en
breloque.

328 — Monture de bracelet en or.

329 — Montre or pavée en roses, surmontée d'une
broche nœud également enrichie de roses.

330 — Boucles d'oreilles turquoises, entourées
d'un rang de brillants.

331 — Boucles d'oreilles en or, genre CASTELLANI.

332 — Médaillon or, turquoises et brillants.

333 — Médaillon or, pavé de demi-perles et
roses.

334 — Chaîne de col or, ornée de dix perles
fines.

335 — Deux Épingles de coiffure, écaille blonde
ornées d'une bande de roses.

336 — Collier en perles fausses, fermoir turquoise
entourée de deux rangs de brillants.

337 — Collier en or, formé d'un serpent articulé, la tête enrichie d'un saphir et de brillants.

338 — Collier or enrichi d'améthystes.

339 — Jumelles en acier noir, bandes en roses.

340 — Montre cycliste en or.

341 — Épingle de cravate pierre de lune, roses et rubis.

342 — Carnet en cuir, chiffre et coins en roses.

ARGENTERIE

Environ 60 kilos d'argenterie de table, comprenant :

Dix-neuf Plats, longs, ovales et ronds ;

Quatre Légumiers ;

Deux Saucières ;

Deux Porte-Huiliers ;

Un Service à thé et à café ;

Quatre Cafetières ;

Deux Services de salières et Bouts-de-Table et de nombreux Couverts de table et d'entremets, Cuillers à café et à thé, Couteaux de table et de dessert, etc.

ARGENTURE ET PLAQUÉ

Plateaux, Plats, Légumiers, Raviers, Drageoir, Cafetières, Théières, Réchauds, etc.

LIVRES

Trois volumes: Antiquités du Bosphore Cymmérien.

Un volume: Archéologie bysantine, par TEXIER et PULLON.

Quatorze Volumes et Atlas, Lettres de Mme de Sévigné, publiées par M. DE MONMERQUÉ. Édition Hachette.

Ouvrages divers de: YRIARTE, CLÉMENT, DE LABORDE, GOURDAULT, EPHRUSSI, Léon LAGRANGE, etc.

Grands ouvrages illustrés par Gustave DORÉ.

MOBILIER

Mobilier courant, Tapis, Rideaux, etc.